Martin Widmark
ist in Linköping, Schweden, aufgewachsen und lebt heute in Stockholm. Er ist ein begeisterter Fußballspieler und fasziniert von Essen, Sprachen, Menschen und Musik.
10 Jahre lang war er Lehrer für die Mittelstufe, jetzt unterrichtet er Schwedisch für Einwanderer an der Volkshochschule. Außer *Detektivbüro LasseMaja* schreibt er weitere Kinderbuchserien, Kinderlieder und Lernhilfen.

Helena Willis,
geboren 1964 in Stockholm, lebt heute mit ihrem Mann und zwei Töchtern in der Nähe von Stockholm. Sie arbeitet als freie Illustratorin, seit sie 1991 das Beckmans College of Design abschloss. Helena Willis sagt, sie habe den besten Job der Welt: »Ich darf den ganzen Tag spielen, aber ich muss mich auch darauf konzentrieren, alle Aufgaben zeitgerecht zu erledigen.«

Von Martin Widmark bei Ueberreuter erschienen:
Detektivbüro LasseMaja:
- Das Diamantengeheimnis
- Das Mumiengeheimnis
- Das Schulgeheimnis

Monsteragentin Nelly Rapp:
- Die weißen Frauen von Schloss Lovlunda
- Der Geisterladen
- Die Schwarzen Zeitzauberer
- Werwolf-Alarm
- Das Frankenstein-Monster
- Die Monsterakademie

Detektivbüro Lassemaja

Das Tiergeheimnis

Text: Martin Widmark
Illustrationen: Helena Willis

Aus dem Schwedischen
von Maike Dörries

UEBERREUTER

Das säurefreie und alterungsbeständige Papier EOS liefert Salzer, St. Pölten
(hergestellt aus chlorfrei gebleichtem Zellstoff aus nachhaltiger Forstwirtschaft).

ISBN 978-3-8000-5558-6

Aus dem Schwedischen von Maike Dörries
First published by BonnierCarlsen, Stockholm, Sweden 2007
Published in the German language by arrangement with
Bonnier Group Agency, Stockholm, Sweden
Originaltitel: LasseMajas Detektivbyrå. Zoomysteriet
Umschlagillustration und Innenillustrationen von Helena Willis

Gedruckt in Österreich
1 3 5 7 6 4 2

Ueberreuter im Internet: www.ueberreuter.at

Die Geschichten spielen in einer kleinen
schwedischen Stadt namens Valleby,
in der fast jeder jeden kennt und
wo mitten im Ort die Kirche steht.

Die Hauptpersonen Lasse und Maja
gehen in die gleiche Klasse und betreiben
gemeinsam ein Detektivbüro.

LASSE

MAJA

Museum
M
Museumsstraße
Valleby
Kiosk
Kirchstraße
Post
Post
Wurst
N
W
O
S
Lassemajas
Hauptquartier

Karte von Valleby
HAFEN
Valleby Blatt
Valleby Bibliothek
Marktplatz
Hotel
Café
RIO-Kino

Valleby Bahnhof
HAFEN
Bahnhofsstraße
Kaufmannsstraße
KINDERGARTEN SÖRGÅRDEN
SUPER ★ MARKT
S ★ M
BANK
ZOO
Kaufmannsstraße
Hospitalstraße
Krankenhaus 1 km
Hallenbad

Personen

Maja

Lasse

Polizeiinspektor

Miranda

waldemar

Frida

Taleb van Dango

Franco Bollo

Der Schlüsselliebhaber

»Warte, Lasse«, sagt Maja. »Ich muss noch was erledigen.«

Lasse und Maja sind im Supermarkt.

Maja geht zu dem neu eröffneten Stand im Eingangsbereich.

Lasse wirft einen Blick auf das Schild, das unter der Decke hängt.

»Können Sie mir den nachmachen?«, fragt Maja.

Sie reicht dem bärtigen Mann hinter dem Tresen einen Schlüssel.

»Ein Fahrradschlüssel«, stellt der Mann fest, bei dem es sich wohl um Taleb handelt. »Kein Problem. Das erledige ich im Handumdrehen.«

Der bärtige Mann nimmt Majas Schlüssel und spannt ihn in eine Maschine ein. An der Wand hängen Hunderte glänzende Schlüsselrohlinge.

Taleb wählt einen aus und spannt ihn neben Majas Schlüssel in die Apparatur. Dann drückt er auf einen Knopf und fertigt eine Kopie an.

Taleb van Dango
Absatz- und
Schlüsseldienst
75cm
75cm
75cm
Schlüssel-
anhänger
15 kronen
ON
OFF
1
2
3
4
Schmieröl
Schmier-
Schmieröl
Schmieröl
40 kr
40 kr
Schuhcreme
Schuhcreme
Schuhcreme
Schuhcreme
FREIHEIT FÜR
ALLE TIERE!
HEUTE 16 UHR
DEMONSTRATION
Nur
Personal
Schuh-
löffel
29 kr

Lasse liest das Plakat, das an Talebs Tresen klebt.

FREIHEIT FÜR ALLE TIERE!

HEUTE 16 UHR DEMONSTRATION

steht in Blockbuchstaben auf dem Plakat.

»Bitte schön, junge Dame«, sagt Taleb und legt die beiden Schlüssel auf den Tresen. »Das macht 50 Kronen.«

»Danke«, sagt Maja und bezahlt.

»Nichts zu danken«, antwortet Taleb. »Ich *liebe* Schlüssel und *hasse* verschlossene Türen.«

Lasse und Maja sehen sich fragend an.

Was er damit wohl sagen will?

Maja steckt die Schlüssel in die Tasche.

»Was ist das für eine Demonstration?«, fragt Lasse und zeigt auf das Plakat.

»Wir treffen uns um vier Uhr vor dem Supermarkt«, sagt Taleb, »um dagegen zu protestieren, dass Tiere eingesperrt werden. Niemand, weder Tier noch Mensch, darf so behandelt werden. Ihr seid herzlich willkommen.«

»Danke«, sagen Lasse und Maja und gehen auf die Tür zu.

»Ach … entschuldigt«, sagt Taleb plötzlich. »Ich habe was vergessen. Dürfte ich den Schlüssel der jungen Dame wohl noch einmal haben?«

Maja reicht ihm den Schlüssel über den Tresen.

Lasse und Maja sehen zu, wie Taleb den Schlüssel in eine weiche Masse drückt, die wie Knete aussieht. Dann nimmt er den

Schlüssel wieder heraus und blickt zufrieden auf den Abdruck.

»Ich sammle nämlich Schlüsselabdrücke«, erklärt der bärtige Mann. »Ich habe schon mehr als fünftausend. Danke.«

»Nicht der Rede wert«, sagt Maja.

»Komischer Typ«, flüstert Lasse Maja zu, als sie auf den Ausgang zugehen.

»Das kann man wohl sagen. Liebt Tiere, hasst verschlossene Türen und sammelt Schlüsselabdrücke«, sagt Maja und zieht den Reißverschluss ihrer Jacke hoch.

Als sie aus dem Supermarkt ins Freie treten, regnet es.

»Brrrr, was für ein Wetter«, sagt Maja und schließt schnell ihr Rad auf.

»Lass uns ins Detektivbüro fahren und eine heiße Schokolade trinken«, schlägt Lasse vor.

»Gute Idee«, sagt Maja und schnallt den Fahrradhelm unterm Kinn fest.

Als sie losfahren wollen, hören sie jemanden hinter sich rufen. Es ist Miranda, die Tochter des ehemaligen Zirkusdirektors. Sie geht in Lasses und Majas Klasse und ihr Vater arbeitet jetzt als Hausmeister an der Schule.

»Hallo, Miranda«, sagt Lasse. »Wo willst du hin?«

»Ich will zur Tierhandlung und was für Sylvester kaufen.«

Miranda öffnet einen Knopf ihrer dicken Jacke und ein kleiner Kopf schiebt sich heraus, den Lasse und Maja kennen.

Es ist Mirandas kleiner Affe. Er winkt Lasse und Maja zu und zieht sich dann ins Warme zurück.

Miranda knöpft die Jacke wieder zu.

»Sylvester kann Regen überhaupt nicht lei-

SUPER★LIVS
S★L
sonnen-
blumenkerne
250 gr
18,-

den«, erklärt sie. »Wollt ihr mit zur Tierhandlung?«, fragt Miranda.

»Warum nicht«, sagt Maja mit einem Blick auf Lasse.

Lasse nickt und so begleiten sie Miranda.

Vor der Bank in der Kaufmannsstraße kommt ihnen der Pastor entgegen. Er trägt einen langen schwarzen Regenmantel und hält einen Regenschirm über den Kopf. Unter seinem Arm klemmt ein großes Plakat.

»Guten Tag«, grüßt Lasse ihn.

Aber der Pastor antwortet nicht und läuft wortlos an ihnen vorbei.

»Der hat es ja eilig«, sagt Lasse und schaut dem Pastor hinterher, der im Supermarkt verschwindet.

»Vielleicht hat er Hunger und muss dringend einkaufen«, sagt Maja. »Was frisst eigentlich ein Affe?«, fragt sie gleich darauf.

»Bananen und anderes Obst«, sagt Miranda. »Aber er braucht auch Vitamine und andere Sachen, um fit zu bleiben. Darum bin ich auf dem Weg zur Tierhandlung.«

»Wieso hast du Sylvester nicht zu Hause gelassen, wenn er sich so ungern einen nassen Pelz holt?«, fragt Lasse.

»Damit wäre er ganz und gar nicht einverstanden«, antwortet Miranda. »Sylvester ist ganz wild darauf, die anderen Tiere im Laden zu treffen.«

Lasse und Maja schließen ihre Räder vor der Tierhandlung ab. Aber als sie hineingehen wollen, entdecken sie einen großen Zettel an der Tür.

Heute geschlossen!
Den Tieren
geht es nicht gut.

Was hat das zu bedeuten?

Heute
geschlossen!
Den Tieren geht
es nicht gut.

Sie werden von Tag zu Tag müder

Geschlossen!«, sagt Miranda. »Und jetzt?« Maja versucht einen Blick durch das Schaufenster zu erhaschen, aber die Gardinen sind zugezogen und sie kann nichts sehen.

»Klopf doch einfach«, schlägt Lasse vor. »Vielleicht ist ja trotzdem jemand da, auch wenn geschlossen ist.«

Miranda klopft und die drei stehen nebeneinander im Regen und starren auf die geschlossene Tür.

»Klopf lauter«, sagt Maja. »Vielleicht haben sie es nicht gehört.«

Miranda klopft lauter und gleich darauf wird von innen aufgemacht.

Eine junge Frau mit einem Besen in der Hand und Kopfhörern auf den Ohren sieht fragend nach draußen.

»Wir haben geschlossen«, sagt sie. »Unseren Tieren geht es nicht gut.«

Sie sieht aus, als hätte sie geweint, denken Lasse, Maja und Miranda. Und als wäre sie sehr müde.

»Ich bräuchte dringend Vitamine für Sylvester«, sagt Miranda und knöpft ihren Jackenknopf auf.

Sylvester steckt den Kopf heraus.

»Tut mir leid«, sagt die junge Frau in der

Tierhandlung und will die Tür wieder schließen. »Ich soll niemanden reinlassen.«

»Bitte …«, sagt Miranda.

Die junge Frau im Laden schüttelt den Kopf. Aber einen Augenblick bevor die Tür zuschlägt springt Sylvester mit einem Satz aus Mirandas Jacke und schlüpft in den Laden.

»Hierher, Sylvester!«, ruft Miranda.

Aber der kleine Affe denkt gar nicht daran, zurückzukommen, und da die Tür nach wie vor offen steht, gehen Lasse, Maja und Miranda in den Laden.

Hams
He
Prima qualit
Hamster
Heu
Prima qualität

Sylvester hüpft aufgeregt zwischen den Käfigen und Aquarien hin und her und beobachtet die Tiere. Die Vögel scheinen in ihren Käfigen zu schlafen. Über den Boden verteilt liegen die Kaninchen und schnaufen leise, die Schnauzen in den Pelz des Nachbarn versenkt. Und der Papagei sitzt mit geschlossenen Augen auf seiner Stange.

Sylvester tätschelt dem großen Vogel den Kopf.

»Gute Nacht«, sagt der Papagei und steckt den Schnabel unter den Flügel.

»Was ist los, Frida?«, hören sie jemanden sagen.

Lasse, Maja und Miranda drehen sich um und sehen einen Mann in einem grauen Arbeitskittel aus dem Raum hinter dem Kassentresen kommen.

Als er Miranda und Sylvester sieht, seufzt er: »Das passt gar nicht, dass ihr heute kommt. Ich weiß nicht, was mit meinen Tieren los ist. Sie schlafen die ganze Zeit.«

»Sylvester ist auf eigene Faust in den Laden geschlüpft«, erklärt Miranda. »Sind die Tiere krank? Haben sie etwas Ansteckendes?«

»Ich weiß es nicht«, sagt der Mann in dem grauen Kittel und lässt sich auf einen Stuhl fallen. »Der Tierarzt konnte nichts finden.«

»Wie lange ist das schon so?«, fragt Maja.

Der Mann auf dem Stuhl sieht Maja überrascht an, als hätte er erst in diesem Augenblick bemerkt, dass Miranda und Sylvester nicht alleine gekommen sind.

»Das sind meine Freunde Lasse und Maja«, sagt Miranda schnell. »Die beiden sind Detektive und können Ihnen vielleicht helfen. Und das hier ist Waldemar«, sagt sie zu Maja und Lasse.

Der Mann auf dem Stuhl nickt Lasse und Maja zu. Sylvester klettert an Mirandas Arm hoch und hockt sich auf ihre Schulter.

»Wie lange sind die Tiere schon so müde?«, fragt Maja noch einmal.

Lasse zieht einen Notizblock aus der Gesäßtasche und beginnt zu schreiben.

»Seit einer Woche, ungefähr«, seufzt Waldemar. »Und mit jedem Tag wird es schlimmer.«

»Sie fressen kaum noch was«, sagt die junge Frau, die Frida heißt.

Sie gähnt und fährt dann fort: »Waldemar und ich machen uns schreckliche Sorgen. Die Tiere sind sonst richtige Leckermäuler.«

»Kann es sein, dass mit dem Futter etwas nicht in Ordnung ist?«, fragt Lasse.

»Vielleicht will ja jemand die Tiere vergiften«, sagt Maja.

Waldemar zeigt ans andere Ende des Ladenraumes. »Das Futter steht dort drüben. Die Tiere bekommen unterschiedlich zu fressen. Seht selbst.«

Lasse, Maja und Miranda gehen zu dem Regal mit den vier Behältern.

Fischfutter, *Vogelfutter*, *Kaninchen und Hamster*, *Vitamine* steht darauf.

»Jedes Tier bekommt sein spezielles Futter, aber Vitamine bekommen alle«, erklärt Frida.

»Das heißt ...«, sagt Maja nachdenklich. »Wenn jemand die Tiere vergiften wollte ...«

»... wäre es das Einfachste, das Gift unter die Vitamine zu mischen«, ergänzt Lasse.

Lasse und Maja wechseln Blicke.

Es sieht ganz so aus, als hätte das Detektivbüro einen neuen Fall zu lösen.

»Ich weiß, was ihr denkt«, sagt Waldemar auf seinem Stuhl. »Aber es ist nicht so, wie ihr glaubt.«

Lahm wie eine alte Schildkröte

Lasse, Maja und Miranda gehen zu Waldemar. Er sieht schrecklich erschöpft und besorgt aus.

»Frida füttert die Tiere morgens und abends«, sagt er. »Als die Tiere begannen, sich seltsam zu verhalten, war das auch mein erster Gedanke – dass etwas mit dem Futter nicht stimmt.«

»Wie lange arbeitet Frida schon bei Ihnen?«, fragt Miranda leise. »Ich habe sie noch nie im Laden gesehen.«

Lasse und Maja sehen sich an und nicken anerkennend. Miranda stellt richtig gute Fragen. Sie denkt genau wie ein Detektiv.

Waldemar denkt eine Weile nach, dann ruft er Frida, die zwischen den Kaninchen fegt, zu: »Wie lange arbeitest du schon bei mir?«

Frida antwortet nicht und fegt einfach weiter.

»Sie hört nichts«, sagt Waldemar, »weil sie Kopfhörer aufhat und ganz laut Musik hört. Aber … lasst mich nachdenken. Ich würde sagen, sie arbeitet jetzt ungefähr einen Monat bei mir. Um sich das Geld für einen Computer zu verdienen, sagt sie.«

Kopfschüttelnd fährt er fort: »Ich weiß gar nicht, wie ich ohne sie zurechtgekommen bin. Die Tiere lieben sie sehr.«

Hamster
Heu
Prima Qualität
Ham
He
Prima Qual
Hamster
Heu
Prima Qualität

Lasse schreibt in seinen Notizblock:

Waldemar berichtet weiter:

»Ich habe auf der Stelle alles Futter weggeschmissen und neues bestellt. Aber das hat auch nicht geholfen, die Tiere sind genauso schlapp wie vorher.«

»Wo bestellen Sie das Futter?«, fragt Maja.

»Ich kaufe das gesamte Futter übers Internet«, sagt Waldemar. »Das ist viel günstiger. Ich könnte es euch am Computer im Büro zeigen, aber der hat in letzter Zeit so viele Viren eingefangen und ist lahm wie eine alte Schildkröte.«

»Wird das Futter dann direkt in den Laden geliefert?«, fragt Lasse.

»Nein, das muss ich bei der Post abholen. Genauer gesagt, Frida holt es bei der Post ab.«

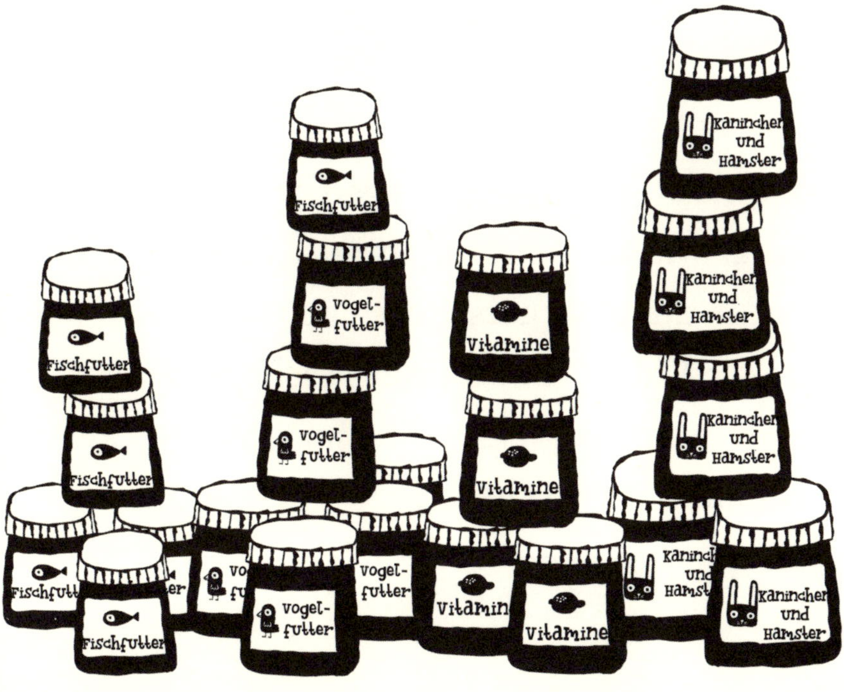

Lasse macht weitere Notizen:

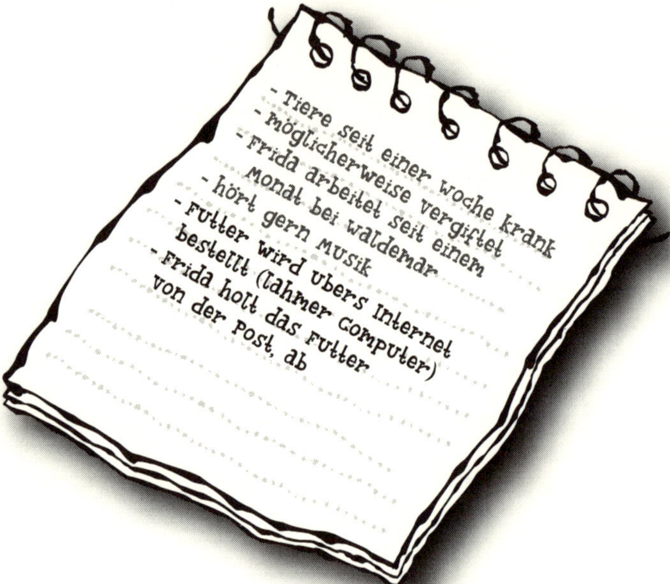

Da klopft es kräftig an der Tür der Tierhandlung. Waldemar steht auf und öffnet.

Auf dem Bürgersteig steht Vallebys Briefträger Franco Bollo und ist sehr wütend.

»Ich schlafe jetzt seit einer Woche keine Nacht mehr«, schreit er Waldemar an.

»Franco, ich bitte dich, beruhig dich wieder«, setzt Waldemar an.

»Ich soll mich beruhigen?«, faucht Franco Bollo. »Gern. Wenn du dafür sorgst, dass dieser verflixte Hund aufhört, die ganze Nacht durch zu kläffen!«

»Ich hab dir doch schon tausendmal gesagt, dass ich keinen Hund in meinem La-

den habe«, sagt Waldemar. »Hunde werden nicht in Tierhandlungen verkauft. Du musst dich verhört haben.«

»Verhört? Mamma mia!«, brüllt der Briefträger. »Seit sieben Nächten mach ich wegen dieser Töle kein Auge zu. Ich soll mich verhört haben? Nie im Leben!«

Waldemar macht dem rasenden Briefträger die Tür vor der Nase zu und kommt in den Laden zurück. Er tippt sich mit einem Finger an den Kopf und sagt zu Lasse, Maja und Miranda:

»Franco Bollo lebt in der Wohnung über der Tierhandlung. Und jetzt wird er wirklich sonderbar! Er behauptet, nachts einen Hund im Laden bellen zu hören.«

Lasse schreibt in seinen Notizblock:

Lasse kratzt sich mit dem Stift an der Nase und denkt nach. Plötzlich hellt sich sein Gesicht auf.

»Der Papagei!«, sagt er. »Er kann doch alle möglichen Geräusche nachahmen. Vielleicht bellt er ja nachts wie ein Hund.«

»Guter Gedanke, Lasse«, sagt Maja.

Aber Waldemar schüttelt den Kopf und berichtet, dass der Papagei Felix nur zwei Sachen sagen kann: »Guten Morgen« und »Gute Nacht«. Er stößt einen tiefen Seufzer aus. »Das Geheimnis muss so schnell wie möglich gelöst werden. Ich befürchte, dass die Tiere das nicht viel länger

durchhalten. Meine armen kleinen Lieblinge …«

Waldemar zieht ein Taschentuch heraus und tupft sich die Augenwinkel. Da kommt Frida zu ihnen. Ihre Kopfhörer hängen um ihren Hals. Sie tippt ihrem Chef auf die Schulter und sagt: »Haben Sie von dem geheimnisvollen Brief erzählt, den wir vorgestern bekommen haben?«

Freiheit für alle Vögel und Pflanzen

Waldemar zieht eine Schublade hinter dem Tresen auf und nimmt einen Brief heraus, den er Maja gibt.

AN EiNEN EGOiSTEN, liest Maja auf dem Umschlag.

Vorsichtig zieht sie den Brief aus dem Umschlag und legt ihn neben die Kasse. Lasse, Maja und Miranda beugen sich vor und lesen.

SCHLiESS DEiNEN LADEN!
SONST GiBT'S ÄRGER!

»Den habe ich vorgestern bekommen«, sagt Waldemar. »Er lag hinter der Tür, als ich morgens den Laden aufgeschlossen habe.«

»Hast du die Kamera dabei, Lasse?«, fragt Maja.

»Klar«, sagt Lasse und zieht die Kamera aus der Jackentasche, zoomt den Brief heran und schießt ein paar Bilder.

»Wer könnte das geschrieben haben?«, fragt Maja.

»Was ist ein Egoist?«, fragt Miranda.

»Jemand, der nur an sich selber denkt«, sagt Maja.

»Und nicht an seine Tiere«, ergänzt Lasse.

»... oder seinen Nachbarn«, murmelt Maja.

»Seinen Nachbarn ...« Waldemar stöhnt. »Franco Bollo ... Glaubt ihr ...? Haltet ihr es für möglich, dass er meine Tiere vergiftet hat?«

»Wir glauben nichts«, antwortet Maja. »Dafür fehlen uns noch mehr Beweise.«

»Dürfen wir uns den Laden ein bisschen genauer ansehen?«, fragt Lasse.

»Bitte schön, gerne«, sagt Waldemar.

Lasse, Maja und Miranda gehen im Laden herum und suchen nach Hinweisen. Sie gehen in das kleine Büro, wo auf dem Schreibtisch Waldemars Computer steht.

Die Topfpflanze auf dem Fensterbrett ist ganz vertrocknet.

»Da hat offensichtlich jemand vergessen, die Pflanzen zu gießen«, stellt Miranda fest.

Lasse, Maja und Miranda verlassen das Büro wieder.

»Wie viele Eingänge hat der Laden?«, fragt Lasse.

»Einen«, beantwortet Waldemar seine Frage. »Also, na ja, es gibt noch eine Hintertür, aber die benutzen wir nie.«

Waldemar zeigt in den hinteren Teil des Ladens. Maja geht dorthin und drückt die Klinke herunter. Die Tür ist abgeschlossen, aber sie entdeckt etwas auf dem Boden davor.

»Lasse, Miranda, kommt mal her!«, sagt sie.

Maja zeigt auf ein paar schlammige Fußabdrücke. Lasse fotografiert die Spuren auf dem Boden mit seiner Kamera.

Maja bittet Waldemar um ein Lineal und misst die Fußabdrücke auf dem Boden.

»Genau dreißig Zentimeter«, sagt sie und Lasse macht eine Notiz in seinem Block.

»Aber …«, sagt Miranda. »Wenn Waldemar und Frida nur die Tür zur Straße benutzen, muss derjenige, der die Tiere vergiftet hat, hier reingekommen sein …«

In dem Augenblick bricht ein gewaltiger Lärm auf der Kaufmannsstraße los. Maja, Lasse und Miranda schauen zum Haupteingang. Waldemar und Frida spähen vorsichtig durch einen Türspalt nach draußen.

»Weitergehen!«, hören sie jemanden rufen, dessen Stimme sie sofort wiedererkennen.

Das ist der Polizeiinspektor! Was hat der hier vor der Tierhandlung zu suchen?

Lasse, Maja und Miranda zwängen sich an Frida und Waldemar vorbei. Draußen findet eine Demonstration statt, ein Protestmarsch.

»Immer mit der Ruhe«, ruft der Polizeiinspektor den Demonstrierenden entgegen, die jetzt auf der Höhe der Bank angekommen sind. »Jeder Einwohner in Valleby hat das Recht, seine Meinung zu sagen. Aber ich dulde keinen Ärger auf meinen Straßen.«

An der Spitze marschiert der bärtige Mann vom Absatz- und Schlüsseldienst, Taleb van Dango. Vor seinem Bauch hängt ein großes Plakat:

KEINE KÄFIGE FÜR MENSCH UND TIER

Hinter ihm kommt der Pastor. Er streckt das Plakat hoch über seinen Kopf. Darauf steht:

Freiheit für alle Vögel und Pflanzen

Die Letzte in dem Demonstrationszug ist eine ältere Dame, die Lasse und Maja nicht unbekannt ist.

Es ist Fransy Vik, die Mutter des Bankräubers Robert Vik, der seit einiger Zeit im Gefängnis von Valleby sitzt.

»Lasst alle Gefangenen frei!«, kreischt sie.

Der Polizeiinspektor wirft Lasse, Maja und Miranda einen Blick über die Schulter zu und schlägt ein paar Mal mit dem Schlagstock in seine Handinnenfläche, als die Demonstranten näher kommen.

Europas geschicktester Einbrecher

Als Taleb, der Pastor und Fransy vor der Tierhandlung ankommen, rufen sie: »WIR PROTESTIEREN – WIR PROTESTIEREN!«

Lasse macht Fotos und schießt ein paar hübsche Bilder von den drei Demonstranten auf dem Bürgersteig.

Der Polizeiinspektor schiebt die Demonstranten mit seinem Schlagstock weiter, damit sie nicht vor dem Laden stehen bleiben.

»Wie gesagt«, erklärt der Polizeiinspektor Lasse, Maja und Miranda. »Jeder hat das Recht, seine Meinung zu äußern, aber nicht Randale zu machen!«

Waldemar und Frida schauen nervös durch den Türspalt nach draußen, als der kleine Demonstrationszug am Ende der Kaufmannsstraße kehrtmacht.

»Taleb van Dango«, flüstert der Polizeiinspektor, »seinerzeit Europas geschicktester Einbrecher. Aber nach so vielen Jahren hinter Gittern hat er eine andere Laufbahn eingeschlagen.«

Die Demonstranten sind wieder vor der Tierhandlung angelangt. »WIR PROTESTIEREN – WIR PROTESTIEREN!«

Da schaut Taleb plötzlich auf seine Armbanduhr und sagt: »Freunde, ich kann nicht länger bleiben. Ich muss zurück zu meinem Absatz- und Schlüsseldienst.«

Der Pastor und Fransy sehen dem bärtigen Mann, der in Richtung Supermarkt davoneilt, enttäuscht hinterher. Dann gehen sie auch nach Hause.

»Na«, sagt der Polizeiinspektor und hängt seinen Schlagstock zurück an den Gürtel. »Das war's dann wohl. Jetzt hätte ich Lust auf eine Tasse Kaffee!«

»Gehen wir ins Café«, schlägt Maja vor. »Wir haben auch eine Menge zu erzählen.«

»Geht schon mal vor«, sagt Lasse. »Ich will erst noch was überprüfen.«

Waldemar und Frida ziehen sich in den Laden zurück und schließen die Tür ab.

Der Polizeiinspektor, Maja und Miranda machen sich auf den Weg zum Café »Panini & Bernard«, während Lasse noch mal zum Supermarkt geht.

Er geht zu Taleb van Dangos Absatz- und Schlüsseldienst. Hinter dem Tresen ist Taleb gerade damit beschäftigt, das Plakat von seinen Schultern zu nehmen. Er sieht sehr zufrieden und gut gelaunt aus.

»Und?«, sagt er zu Lasse. »Was kann ich für dich tun, Junge?«

Lasse zieht seinen Notizblock aus der Gesäßtasche.

»Ich will nichts kaufen«, sagt er. »Ich hätte nur eine Frage.«

»Lass hören«, sagt Taleb.

»Wenn ein Schuhabdruck dreißig Zentimeter lang ist«, sagt Lasse mit einem Blick in seinen Block, »welcher Schuhgröße entspricht das?«

»Größe 41«, antwortet Taleb wie aus der Pistole geschossen.

»Das weiß ich, weil das meine eigene Schuhgröße ist. Aber wozu willst du das wissen?«

»Na ja«, sagt Lasse und weiß nicht, was er auf diese Frage antworten soll. »Nur so.«

Lasse schlägt ein neues Blatt in seinem Block auf und schreibt: *30 cm = Größe 41.*

Dann verabschiedet er sich.

Taleb van Dango
Absatz- und
Schlüsseldienst
75dM
75dM
75dM
Schlüssel-
anhänger
15 Kronen
Schmieröl
Schmier
Schmieröl
Schmieröl
Schuhcreme
Schuhcreme
Schuhcreme
FREIHEIT FÜR
ALLE TIERE
HEUTE 16 UHR
DEMONSTRATION
Schuh-
löffel
29 kr

Taleb sagt:
30 cm = Schuhgröße 41

Ordentliche Blockbuchstaben

Als Lasse das Café »Panini & Bernard« betritt, sieht er den Polizeiinspektor, Maja und Miranda an einem Tisch sitzen. Der Inspektor hat einen doppelten Espresso bestellt.

»Extra viel, extra starker Kaffee«, erklärt er Lasse.

Maja und Miranda trinken eine Tasse heiße Schokolade.

»Setz dich, Lasse«, sagt Maja. »Wir haben dem Polizeiinspektor alles erzählt. Zeig ihm den Brief, den du fotografiert hast!«

Lasse begrüßt die Besitzer des Cafés, Dino und Sara, und setzt sich zu den anderen.

»Was willst du haben?«, ruft Sara.

»Einen Sprudel, bitte«, antwortet Lasse.

Dann nimmt er die Kamera heraus und

klickt sich zu dem Bild von dem Drohbrief durch.

»SCHLiESS DEiNEN LADEN! SONST GiBT'S ÄRGER!«, liest der Polizeiinspektor.

»Aber«, sagt Miranda und beugt sich über den Arm des Inspektors. »Sehen Sie sich doch mal die Handschrift an!«

»Ordentliche, große Blockbuchstaben«, sagt der Polizeiinspektor. »Das würde eurer Lehrerin gefallen.«

»Fällt Ihnen denn nichts auf?«, sagt Miranda. »Alle Buchstaben sind groß – außer dem i.«

»Du hast recht«, sagt Maja. »Super beobachtet, Miranda!«

Der Polizeiinspektor lehnt sich in seinem Stuhl zurück und kratzt sich im Nacken.

»Okay. Was haben wir bis jetzt?«

Lasse nimmt seinen Notizblock und fasst zusammen:

1 Die Tiere sind seit einer Woche krank.

2 Frida arbeitet seit einem Monat im Laden und ist genauso traurig wie Waldemar.

»**1.** Die Tiere in der Tierhandlung sind seit einer Woche krank. Wir haben den Verdacht, dass sie vergiftet wurden. **2.** Frida arbeitet seit einem Monat im Laden. Sie ist über den Zustand der Tiere genauso niedergeschlagen wie Waldemar. **3.** Waldemar bestellt das Tierfutter an seinem lahmen Computer übers Internet. **4.** Frida holt das Futter bei der Post ab. **5.** Und jemand mit Schuhgröße 41 hat Fußspuren an der Hintertür der Tierhandlung hinterlassen«, beendet Lasse seine Zusammenfassung.

»Schuhgröße 41?«, fragt Maja.

3 Das Tierfutter wird übers Internet bestellt.

4 Frida holt das Futter von der Post ab.

5 Fußspuren in Größe 41 in der Tierhandlung.

»Ich habe mich auf dem Weg hierher bei Taleb van Dango erkundigt«, antwortet Lasse. »30 cm entspricht Schuhgröße 41.«

Der Polizeiinspektor nippt an seinem Espresso.

»Aber *wer* sollte die Tiere im Tierhandel vergiften wollen? Und warum?«, fragt er.

»Franco Bollo, der Briefträger, kann nachts nicht schlafen, weil die Tiere so einen Krach veranstalten«, sagt Lasse. »Er arbeitet bei der Post und hätte die Möglichkeit, etwas Unerlaubtes ins Tierfutter zu mischen.«

»Taleb van Dango mag keine Tierhandlungen«, sagt Miranda. »Außerdem könnte er nachts problemlos in den Laden einbrechen.«

»Als ehemaliger Erfolgs-Einbrecher«, sagt Maja. »Und mit einer Sammlung von über 5.000 Schlüsselabdrücken.«

»Und er sagt selbst, dass er Schuhgröße 41 hat«, sagt Lasse.

»Wir suchen also nach einer Person, die kleine i's schreibt und Schuhgröße 41 hat«, fasst der Polizeiinspektor zusammen.

»Wir müssen rausfinden, wie Franco und Taleb schreiben«, sagt Maja. »Wie ihre Handschrift aussieht.«

»Wartet!«, sagt Lasse und klickt sich durch die Fotos auf seiner Kamera. »Hier! Seht mal!«

Auf dem Display ist das Bild von dem Demonstrationsmarsch auf der Kaufmannsstraße zu sehen. Ganz vorne geht Taleb mit einem großen Plakat vor dem Bauch: »KEINE KÄFIGE FÜR MENSCH UND TIER«, steht dort.

»Gewöhnliche große I's«, sagt Miranda. »Dann hat er den Drohbrief nicht geschrieben.«

Dino bringt Lasses Sprudel und stellt ihn vor Lasse auf den Tisch.

»Und wie sollen wir rauskriegen«, sagt der Polizeiinspektor, »wie Franco Bollos Handschrift aussieht?«

»Was ist mit Franco?«, fragt Dino überrascht.

»Kennst du ihn?«, fragt Maja.

»Natürlich kenne ich ihn. Franco ist doch mein Cousin!«

»Kommt er auch aus Italien?«, fragt Lasse.

»Si, si«, antwortet Dino. »Er war erst vor zwei Wochen dort. Warm und schön war es, sagt er. Nicht wie hier, wo es immer nur regnet.«

Lasse, Maja, der Polizeiinspektor und Miranda sehen Dino Panini an, der sich in sein geliebtes Italien träumt.

»Er hat mir übrigens eine Postkarte geschrieben«, sagt er schließlich. »Wollt ihr sie mal sehen?«

»Jaaa«, rufen Lasse, Maja, Miranda und der Polizeiinspektor im Chor.

Dino geht weg und kommt gleich darauf mit einer Postkarte in der Hand zurück. Der Polizeiinspektor nimmt sie und legt sie auf den Tisch.

Alle beugen sich vor und lesen leise:

CiAO DiNO!
DAS WETTER
iST PRiMA UND
DiE SPAGHETTi
PERFETTO.
SONNiGE GRÜSSE,
DEiN FRANCO

Lasse ruft noch einmal den Drohbrief auf. Maja vergleicht den Brief und die Postkarte.

»Er ist es!«, sagt sie schließlich. »Das ist die gleiche Handschrift.«

Der Polizeiinspektor stellt die Kaffeetasse energisch auf dem Tisch ab.

»Wenn ihr mich fragt, sollten wir heute Abend die Tierhandlung überwachen.«

Da kommt jemand

Es ist acht Uhr abends. Lasse, Maja und Miranda stehen vor der Bank in der Kaufmannsstraße und warten auf den Polizeiinspektor. Vom Meer bläst ein kalter Wind.

Miranda hat die Hand unter ihre Jacke geschoben und streichelt Sylvester.

»Da seid ihr ja«, sagt der Polizeiinspektor, der aus der Hospitalstraße gekommen ist. Er trägt einen langen Regenmantel.

Lasse, Maja und Miranda begrüßen ihn.

»Ich habe mir gedacht, ihr bewacht die Rückseite der Tierhandlung und ich übernehme die Vorderseite. Sobald ihr irgendetwas hört oder seht, kommt ihr zu mir.«

»Wonach sollen wir Ausschau halten?«, fragt Lasse.

»Ob jemand das Haus betritt oder verlässt«, sagt der Polizeiinspektor.

Sie gehen die Kaufmannsstraße hinunter, und als sie die Tierhandlung erreichen, verschwinden Lasse, Maja und Miranda in einer schmalen Gasse zwischen den Häusern. Der Polizeiinspektor überquert die Straße und bezieht hinter einem Baum Stellung.

Auf der Rückseite ist es stockdunkel. Lasse, Maja und Miranda gehen zur Hintertür und drücken vorsichtig die Klinke hinunter.

Die Tür ist abgeschlossen. Neben der Tür ist ein dunkles Fenster.

»Waldemars Büro«, sagt Lasse.

»Guckt mal«, sagt Maja. »Das Fenster oben ist offen.«

Sie zeigt zu einem Fenster im ersten Stock, das einen Spaltbreit offen steht.

»Da könnte doch jemand einsteigen«, sagt Miranda.

»So hoch kann niemand klettern«, sagt Maja. »Das sind mehr als drei Meter bis dahin.«

Lasse, Maja und Miranda bleiben eine Weile unter dem Fenster stehen und lauschen, aber sie hören kein Geräusch aus der Tierhandlung. Dann ziehen sie sich in die Dunkelheit zurück, um die Tür zu beobachten.

So stehen sie eine ganze Weile, ohne die Tür aus den Augen zu lassen.

»Brrr, ich friere«, sagt Maja schließlich.

»Ich auch«, sagt Miranda.

»Warum geht ihr nicht und seht nach, wie es dem Polizeiinspektor geht. Vielleicht hat er ja was gesehen. Dann habt ihr ein bisschen Bewegung«, sagt Lasse. »Ich bleibe hier und passe auf die Hintertür auf.«

Maja und Miranda gehen zwischen den Häusern zurück zur Kaufmannsstraße. Sie schauen zu dem Baum auf der anderen Straßenseite, können den Polizeiinspektor aber nirgends sehen.

Da sieht Miranda auf der anderen Seite der Eisenbahnbrücke eine Gestalt in einem langen Regenmantel. Maja und Miranda laufen der Gestalt hinterher.

Im gleichen Augenblick hört Lasse Schritte.

Sind das Maja und Miranda, die zurückkommen?

Lasse will gerade fragen, ob der Polizeiinspektor etwas gesehen hat, als er Hundegebell hört. Er bleibt wie angewurzelt stehen und späht in die Dunkelheit. Aber sosehr er sich auch anstrengt, er kann nicht erkennen, wer sich nähert.

Die Person geht zur Hintertür. Lasse hört, wie ein Schlüssel ins Schloss gesteckt wird. Die Tür wird geöffnet und gleich darauf wieder geschlossen. Hinter den vorgezogenen Gardinen von Waldemars Büro geht das Licht an. Danach ist es wieder völlig still auf der Rückseite – wenigstens für einen kurzen Moment.

Denn gleich darauf hört Lasse einen Hund kläffen, den Papagei kreischen und einen gewaltigen Lärm aus dem Laden.

Wo bleiben bloß die anderen?, denkt Lasse. Wir müssen nachschauen, was dort drinnen vor sich geht!

Er geht unruhig unter dem Fenster auf und ab, als er Maja aus der Dunkelheit flüstern hört: »Lasse, wir konnten den Polizeiinspektor nicht finden. Er ist weg. Wir sind einer Person gefolgt, aber das war nicht er.«

Maja und Miranda treten aus dem Dunkel heraus und kommen zu Lasse. Er erzählt ihnen, was er gesehen und gehört hat. Jetzt hören alle drei das Spektakel im Laden.

»Wir müssen da rein«, sagt Maja.

»Aber wie?«, fragt Lasse.

»Durchs Fenster«, sagt Miranda.

»Das schaffen wir nie«, sagt Maja.

»Wenn man wie ich früher in einem Zirkus gearbeitet hat, ist nichts unmöglich«, sagt Miranda. »Und wenn man dann noch einen kleinen Affen wie Sylvester hat, ist es ein Kinderspiel. Wir machen Folgendes …«, flüstert Miranda und beugt sich zu Lasse und Maja rüber.

Er schiebt seinen langen, dünnen, haarigen Arm durch den Spalt und öffnet den Haken.

»Spring rein und mach uns die Tür auf«, sagt Miranda zu ihrem Affen, der wendig durch das offene Fenster nach drinnen huscht.

Kurz darauf steht Lasse unter dem offenen Fenster. Auf seinen Schultern steht Maja und auf deren Schultern Miranda.

»Beeilt euch!«, stöhnt Lasse. »Das ist schwer.«

Miranda streckt die Hand zum Fenster aus und Sylvester klettert schnell über ihren Arm nach oben.

Maja und Miranda klettern wieder herunter und Lasse wischt sich den Schweiß von der Stirn. Im nächsten Augenblick ertönt ein Höllenlärm aus dem Laden. Der Hund bellt, und es klingt, als würde etwas umfallen.

Im nächsten Augenblick fliegt die Hintertür auf und Sylvester kommt wie der Blitz nach draußen geschossen, der bellende Hund ist ihm dicht auf den Fersen.

»Sylvester«, ruft Lasse.

»Keine Angst«, sagt Miranda. »Er schafft das.«

»Dann lasst uns reingehen«, sagt Maja.

Im Laden ist es jetzt vollkommen still. Maja knipst die Deckenbeleuchtung ein.

»Guten Tag!«, schreit jemand.

Bei dem unerwarteten Geräusch machen alle drei vor Schreck einen Luftsprung.

Felix, der Papagei, sieht sie nicht weniger erschrocken an. Er war es, der geschrien hat.

»Der Papagei scheint ziemlich verwirrt zu sein«, sagt Lasse. »Um diese Zeit sollte er doch wohl eher ›Gute Nacht‹ rufen!«

Sie sehen sich im Laden um und stellen fest, dass alle Tiere aufgeschreckt aussehen. Die Hamster drücken sich in die Ecken ihrer Käfige und die Vögel sitzen dicht gedrängt auf ihren Stangen.

»Der Hund hat die Tiere zu Tode erschreckt«, sagt Miranda. »Die Armen!«

»Seht euch das an«, sagt Maja, die die Tür zu Waldemars Büro aufgemacht hat.

Lasse, Maja und Miranda schauen in den kleinen Raum. Das Fenster steht offen und die vertrocknete Topfpflanze ist umgekippt.

»Hier war jemand!«, sagt Lasse.

»Aber derjenige, der hier war, scheint durchs Fenster geflohen zu sein«, sagt Maja. »Gerade eben.«

Lasse, Maja und Miranda laufen zum Fenster und schauen nach draußen, sehen aber niemanden.

»Hallo, Kinder«, hören sie den Polizeiinspektor hinter sich. »Seht mal, wen ich vor dem Supermarkt eingefangen habe!«

Lasse, Maja und Miranda sehen den Polizeiinspektor überrascht an. Unter dem einen Arm zappelt Sylvester und unter dem anderen Arm knurrt und kläfft ein kleiner Hund.

Miranda läuft zum Polizeiinspektor und Sylvester klettert eilig auf ihre Schulter. Dann berichten Lasse, Maja und Miranda dem Inspektor, was in der Zwischenzeit passiert ist.

Der Polizeiinspektor zupft nachdenklich an seinem Ohrläppchen, bevor er sagt: »Morgen um Punkt neun Uhr treffen wir uns wieder hier. Dann wird der Schuldige entlarvt!«

Wer beißt schon einen Freund?

Am nächsten Morgen strahlt die Sonne über Valleby. Lasse, Maja und Miranda stehen vor der Tierhandlung und warten auf den Polizeiinspektor. Da sehen sie jemanden, den sie kennen. Taleb van Dango. Er bleibt vor der Tierhandlung stehen und nickt ihnen zu.

Kurz darauf tritt Franco Bollo aus der Tür neben der Tierhandlung. Er blinzelt in die Sonne und stellt sich schweigend neben die anderen.

Nach einer Weile schiebt der Polizeiinspektor den Kopf aus der Tür der Tierhandlung.

»Bitte schön, kommt rein«, sagt er. »Es ist alles vorbereitet.«

Der Polizeiinspektor hat den Hund unterm

Arm, genau wie gestern. Waldemar, Frida und der Polizeiinspektor haben Stühle in einem Kreis aufgestellt.

»Sucht euch jeder einen Platz«, sagt der Polizeiinspektor, »damit wir mit dem Verhör beginnen können.«

Lasse, Maja und Miranda, Frida, Waldemar, Franco Bollo und Taleb van Dango setzen sich. Der Polizeiinspektor geht zwischen den Stühlen hin und her und murmelt leise vor sich hin. Dann beginnt er laut zu reden: »Gesteht einer von euch freiwillig, dass er die Tiere vergiftet hat, bevor ich anfange?«

Lasse, Maja und Miranda schauen in die Runde. Alle schütteln den Kopf.

»Also gut«, sagt der Polizeiinspektor zufrieden. Es scheint ihm zu gefallen, dass er beweisen kann, wie clever er ist.

Er zieht den Drohbrief aus seiner Uniformjacke und geht damit in dem Stuhlkreis herum. Dann bleibt er vor Franco Bollo stehen.

»Wir haben gestern eine interessante Postkarte gesehen«, sagt der Polizeiinspektor. »Eine Postkarte mit genau der gleichen

Handschrift wie in diesem Brief – abgeschickt aus Italien …«

Der Postbote wirft einen nervösen Blick auf den Brief und dann auf den Polizeiinspektor, der ihn streng ansieht.

Schließlich hält Franco es nicht mehr aus.

»Ich gestehe!«, sagt er. »Ich habe den Brief geschrieben. Es hat mich fast um den Verstand gebracht, dass ich keine Nacht mehr schlafen konnte.«

Der Polizeiinspektor nickt zufrieden und steckt den Brief wieder ein. Dann fährt er fort: »Gestern bin ich Ihnen gefolgt, nachdem Sie Ihre Wohnung verlassen haben. Aber Sie waren geschickt und haben mich abgehängt.«

Franco Bollo sieht den Polizeiinspektor erstaunt an. »Ich bin nur zum Briefkasten gegangen, um einen Brief einzuwerfen. Danach bin ich gleich wieder nach Hause gegangen.«

»Das glaube ich nicht«, sagt der Polizeiinspektor. »Sie haben sich durch die Hintertür in die Tierhandlung geschlichen. Zusammen mit Ihrem Hund … diesem Hund!«

Der Polizeiinspektor will Franco den Hund auf den Schoß setzen. Aber der Hund zappelt und Franco rutscht mit dem Stuhl nach hinten.

Maja stößt Lasse und Miranda an und zeigt auf Francos Füße. Sie sind winzig klein!

Maja schüttelt den Kopf. Franco hat vielleicht den Brief geschrieben, aber er war nicht in der Tierhandlung.

Der Polizeiinspektor sieht verwirrt aus. Er geht zu Taleb.

»Sie haben Schuhgröße 41«, sagt er.

»Da bin ich nicht der Einzige auf der Welt«, antwortet Taleb seelenruhig.

Der Polizeiinspektor hält ihm den Hund hin.

»Kennen Sie diesen Hund?«, fragt der Polizeiinspektor.

»Ein gequältes und eingesperrtes Tier erkenne ich überall«, sagt Taleb van Dango und streckt die Hand aus, um dem Hund den Kopf zu streicheln. »Armer kleiner Kerl.«

Da beißt der Hund Taleb kräftig in die Hand.

»Au!«, schreit Taleb. »Bist du nicht bei Trost, du Töle?! Einen Freund beißt man doch nicht!«

Der Polizeiinspektor kratzt sich mit der freien Hand im Nacken. Er steckt in einer Sackgasse.

Weder Taleb noch Franco scheinen den Hund zu kennen. Waldemar reicht Taleb ein Taschentuch, das er sich um die Hand wickeln kann.

Lasse sieht Frida an. Sie macht einen sehr nervösen Eindruck. Dann schaut Lasse auf ihre Füße. Sie sind genauso groß wie Talebs! Jetzt beginnt er zu begreifen!

»Setzen Sie den Hund auf den Boden«, sagt Lasse zum Polizeiinspektor. »Dann werden wir schnell wissen, wem er gehört.«

Der Polizeiinspektor sieht Lasse fragend an, setzt den Hund aber trotzdem auf den Boden. Der Hund läuft sofort durch den Laden und bellt Kaninchen, Wellensittiche und Hamster an.

»Halt!«, ruft Waldemar. »Er erschreckt die Tiere ja zu Tode.«

»Tina! Hierher!«, sagt plötzlich …

… Frida!

Der Hund hört auf zu bellen und springt brav auf Fridas Schoß. Der Polizeiinspektor und Waldemar sehen sie verwundert an.

»Aha! *Der* Hund hält mich also die ganze Nacht lang wach«, sagt Franco Bollo.

»Nicht nur Sie – sondern auch die Tiere in der Tierhandlung«, sagt Maja, der allmählich bewusst wird, wie alles zusammenhängt.

»Ist das der Grund, dass sie den ganzen Tag schlafen?«, fragt Waldemar verdutzt. »Weil der Hund sie die Nacht über jagt? Aber … dann sind sie ja gar nicht vergiftet.«

Frida fängt an zu weinen. Weil ihr klar wird, was ihr kleiner Hund angestellt hat. »Ich habe einen Schlüssel für den Laden, also bin ich spätabends zurückgekommen, um an Waldemars Computer mit meinen Freunden zu chatten. Ich bin durch die Hintertür reingekommen, damit mich von der Straße aus niemand sieht.«

»Darum ist mein Computer voller Viren«, sagt Waldemar, der endlich begreift, wieso der Computer so langsam geworden ist.

»Ich habe meine Kopfhörer aufgehabt, wenn ich im Büro gesessen bin«, fährt Frida fort, »und deshalb nicht gehört, was Tina im Laden getrieben hat. Aber … jetzt wird mir alles klar. Es tut mir so leid, Waldemar!«

Frida legt die Hände vors Gesicht und schluchzt laut.

»Ich muss mich auch bei Ihnen entschuldigen«, sagt Franco Bollo. »Für den schrecklichen Brief, den ich geschrieben habe.«

»Ach«, sagt Waldemar. »Vergessen wir, was passiert ist. Die Hauptsache ist, dass meine Tiere sich wieder erholen. Komm, Frida, hör auf zu weinen.«

»Wieso hast du eigentlich den Hund mit in den Laden gebracht?«, fragt Miranda.

»Ich hab ihn erst vor einer Woche bekommen«, schnieft Frida. »Und er ist so schrecklich traurig, wenn ich ihn abends alleine lasse.«

Frida krault Tina zwischen den Ohren und

der Hund leckt eine Träne von ihrer Wange. Taleb van Dango sieht den Hund, der ihn gebissen hat, vorwurfsvoll an.

Waldemar erhebt sich und geht zum Polizeiinspektor.

»Danke«, sagt er. »Danke, dass Sie mir geholfen haben, den Fall zu lösen.«

Der Polizeiinspektor windet sich ein wenig.

»Bedanken Sie sich nicht bei mir. Bedanken Sie sich bei Lasse und Maja«, sagt er.

»Und Miranda«, fügt Maja hinzu.

Am nächsten Tag können die Einwohner von Valleby in der Zeitung lesen, was passiert ist.

Geheimnis der schlafenden Tiere gelöst

Im Laufe einer Woche wurden die Tiere in der Tierhandlung immer müder. Der Besitzer des Ladens, Waldemar, wurde immer verzweifelter. Dank der Detektive Lasse und Maja und ihrer Freundin Miranda kann er wieder aufatmen.

Die kleine Hündin der Aushilfe Frida hat nachts mit den Tieren so ausgelassen gespielt und getobt, dass sie um ein Haar »von der Stange gekippt« wären.

Waldemar hat dem Valleby-Blatt erzählt, dass Frida ihren ersten Lohn bekommen hat, von dem sie sich endlich einen eigenen Computer kaufen kann. Von nun an kann sie mit ihrem Hund zu Hause bleiben, wenn sie nachts mit ihren Freunden chatten will. (VB)

Valleby-Blatt
VB
Geheimnis der schlafenden Tiere gelöst
Im Laufe einer Woche wurden die Tiere in der Tierhandlung immer müder.
EXTRA